DESCRIPTION POÉTIQUE

DU

LANGUEDOC,

DIVISÉE EN SIX LIVRES;

AVEC DES NOTES HISTORIQUES
ET GÉOGRAPHIQUES.

PAR Jh. F. BRACHET,

ASSOCIÉ A L'ACADÉMIE D'AVIGNON;

AUTEUR DU TABLEAU HISTORIQUE
DE LA PROVENCE.

A AVIGNON,

Chez J. J. NIEL, Imprimeur, près le Marché,

1817.

AUX LANGUEDOCIENS.

MESSIEURS,

C'est à vous tous que j'offre ce foible crayon de votre Histoire. Né dans une province voisine du Languedoc, et l'ayant habité long-temps, je satisfais mon cœur, en m'efforçant de relever vos titres à la gloire. Ces titres vous sont communs avec les Provençaux. Vous avez avec eux une grande affinité de mœurs et de langage ; vous habitez le même climat avec l'avantage de posséder un sol plus fertile. Votre pays fut comme le leur le centre de l'urbanité, le séjour chéri des muses, la patrie des Troubadours. Votre histoire politique se lie aux grands événemens qui ont changé la face de l'Europe, et laisse voir à travers les vicissitudes et les altérations inévitables qui résultent des révolutions, cette vigueur de courage, cette énergie de sentimens qui caractérisèrent toujours les habitans du Languedoc.

2

Je pourrois faire un rapprochement de vos mœurs et de vos usages, avec les mœurs et les usages de Provençaux qui vécurent long-temps sous les mêmes lois et furent assujettis aux mêmes maîtres. Je me contenterai d'observer que, policés les uns et les autres par une colonie grecque, qui vous apporta les arts dans des temps très-reculés, vous devez à deux femmes célèbres ce goût des productions ingénieuses, cette noble impulsion vers la culture des lettres qui vous distingue. Mais Laure, quoique savante, n'eut d'autre mérite que d'animer par sa beauté la lyre de Pétrarque; et Clémence Isaure fonda une académie célèbre, qui subsistera jusqu'à la fin des temps. Je ne pousse pas plus loin un parallèle qui pourroit choquer mes Concitoyens. Je vous prie seulement de rendre justice à mon zèle et de ne pas juger avec trop de rigueur une production que le désir de satisfaire l'empressement des Souscripteurs m'a fait donner peut-être un peu trop tôt au public.

J'ai l'honneur d'être,

MESSIEURS,

Votre très-humble serviteur,

Jh. F. BRACHET.

DESCRIPTION POÉTIQUE

DU

LANGUEDOC.

~~~~~~~~~~~~~~~~~~

LIVRE PREMIER.

DESCRIPTION du climat, du sol et des productions du Languedoc; du génie de ses habitans.

JE vais te célébrer, riche Septimanie,
De Mars et d'Apollon également chérie,
Et si digne des chants des naïfs Troubadours (1
Que la gaîté décente accompagnoit toujours.
Je décrirai les jeux de la touchante Isaure, (2
Plus grande, non moins chaste, aussi belle que
   Laure,
Dont l'esprit, le savoir, la générosité
Consacrent la mémoire à la postérité.
J'ai crayonné d'abord la fertile Provence;
Tes plaines, Languedoc, ton heureuse opulence,
Tes odorans vergers, tes vins délicieux, (3
Dignes d'être servis sur la table des Dieux,
Et les flots de la mer qui baignent tes rivages,
Tes fleuves, tes canaux, tes savans et tes sages

3

Vont être le tableau qu'esquisseront mes vers.
Oubliant notre siècle et les hommes pervers ,
Je peindrai le bonheur de l'antique innocence ,
Les ris sans volupté , les jeux sans indécence ;
Je tracerai les mœurs , les combats des tournois ,
Où brilloit la valeur des chevaliers *courtois.*
Jeune et brave Gaston , l'honneur de ta famille ,
Issu du sang des rois dont ta mère est la fille ,
Dédaignant les douceurs d'un ignoble repos ,
Tu suivis, en naissant, les traces des héros ! (4
Hélas , pourquoi faut-il qu'un destin trop sévère
A la fleur de tes ans te ravisse à la terre !
Ton bras seul eût fixé , sous l'étendard des Lis
L'orgueilleuse Venise , infidelle à Louis.
Belliqueux Languedoc , entraînés par la gloire ,
Autrefois tes guerriers , près de la Forêt-noire (5
Fixèrent leur séjour en dépit des Germains ,
Étonnés de les voir dans ces climats lointains ;
On doute même encor , si ces Francs intrépides
Qui franchirent le Rhin , malgré ses flots rapides ,
Ne vinrent pas chercher , par un destin heureux ,
Le berceau regretté de leurs nobles aïeux.
Quand le fier Annibal , du haut des Pyrennées
S'apprêtoit à franchir les Alpes étonnées , (6
Craignant de tes guerriers la martiale ardeur ,
Il suspendit sa marche , enchaîna sa valeur ,
Leur ouvrit son projet d'aller dans l'Italie ,
Attaquer les Romains et venger sa patrie ;
De détruire en un mot , ce colosse imposant
Qui chargeoit l'univers d'un joug humiliant.

Alors la rumeur cesse, ainsi que les alarmes
Le chef dit aux soldats de mettre bas les armes,
Et de laisser gronder la tempête en fureur ,
De respecter Carthage et son hardi vengeur.
Si me bornant d'abord au sol , au paysage ,
Je contemple à loisir cette superbe plage ,
Où vivent des millers d'hommes laborieux ,
Que coupent des canaux, des fleuves orgueilleux,
Quoi que mon œil embrasse et quels lieux que je
     voie ,
Quel sublime spectacle à mes yeux se déploie ,
Et qui peut méconnoître en ce riche tableau
Des mains du tout-puissant l'inéfaçable sceau !
Ici ce sont des monts, qui , voisins des nuages
Portent sur leurs sommets la foudre et les orages,
Qui vomissent les eaux de leurs flancs sillonnés
Et portent des torrens aux fleuves étonnés.
Plus bas ce sont des champs, immenses et fertiles,
Où s'élèvent les murs de cent superbes villes ,
Que la mer baigne au sud de ses flots écumeux;
Et que ceignent au nord mille monts sourcilleux,
Qui des bords émaillés de l'aimable Garonne ,
Toujours beaux et riants s'avancent jusqu'au
     Rhône.
Partout le pampre vert , ornement des côteaux,
Te donne un jus vermeil qui rougit les crystaux,
Et précieux nectar , à de nouveaux sylènes ,
Dans une douce erreur fait oublier leurs peines.
La déesse des blés qui rend les champs féconds,
Couvre toujours les tiens d'abondantes moissons

Partout l'on voit briller le doux fruit de Minerve,
Que sous un ciel clément sa sagesse conserve ,
Fruit qu'autrefois le Grec, des bords de l'Eurotas
Transplanta dans la Gaule en ces heureux climats (7
Quand d'un peuple fameux la jeunesse intrépide
Vint nous dicter des lois des champs de la Phocide;
Par elle on vit bientôt prospérer tes cités ,
Et fleurir les beaux arts sur ton sol transportés ; (8
Cette fleur de l'esprit , cette aimable industrie
Qui féconde et répand l'abondance et la vie ,
N'a point dégénéré sur ton sol fortuné ;
Par-tout à la culture , au commerce adonné ,
Le colon , le facteur fournit en abondance
Mille objets précieux aux besoins de la France;
L'étranger est jaloux de tes vins renommés ,
Et de tes draps brillans de l'Europe estimés.
Outre les fruits exquis que portent tes campagnes,
Tes vallons , tes côteaux ; au faîte des montagnes,
Tu nourris des troupeaux, dont l'épaisse toison
Enrichit le pasteur dans la belle saison.
Au pied du Gévaudan , au milieu des Cévennes,
Dont Florian chanta les bois et les fontaines ,
L'habitant économe , actif, laborieux ,
Cultive avec succès cet arbre précieux , (9
Dont la feuille soyeuse au printemps alimente
Le ver qui se renferme en sa coque brillante ,
Pour former un tissu dont se parent les rois ;
L'abeille industrieuse y fréquente les bois ,
Et dépose souvent dans le vieux tronc d'un rouvre
Un miel délicieux que le berger découvre.

Mille monts dans leurs flancs contiennent des
    métaux, (10
Et rapides torrens, dans leurs bourbeuses eaux,
Le Cèze et le Gardon, dont les sources profondes
S'en vont porter au loin la terreur de leurs ondes,
Roulant avec fracas des sables chargés d'or, (11
Décèlent que des monts renferment ce trésor.
Le Tarn, qui du midi, se dirige vers l'Ourse,
Le Tarn que l'on a vu remonter vers sa source, (12
Et dont le riverain craint le courroux fatal,
Roule dans son limon ce précieux métal.
Les sources que du ciel la bonté prévoyante (13
Destine à rétablir la santé languissante,
Coulent dans tes vallons, argentent tes côteaux,
Puis, sur des fonds unis forment de nappes d'eaux,
Et cachant leur crystal sous la verte fougère,
Y font germer des fleurs que cueille la bergère,
A qui son front d'albâtre où règne la pudeur,
Donne pour l'embellir tout l'éclat d'une fleur.
Cette eau que pour boisson nous donna la nature
Sort du creux des rochers toujours limpide et pure
Et se mêle aux torrents dont les sauts vagabonds
Entraînent les troupeaux sur la pente des monts,
Quand la foudre qu'amène un redoutable orage
Perçant les flancs obscurs d'un sinistre nuage,
Fait retentir l'écho des rivages lointains
Et glace de frayeur tous les pâles humains.
Mais un plus long détail épuiseroit ma veine ;
Je vais incessamment produire une autre scène,
Montrer le Languedoc qui sort du joug romain

Pour se soumettre aux lois d'un nouveau souverain
Venu des sombres bois de l'Allemagne antique
Pour conquérir au nord la contrée armorique ,
De là passant au sud asservir ces Gaulois ,
Par qui le fier Germain fut soumis autrefois.

Fin du livre premier.

NOTES.

1) Et si digne des chants des naïfs Troubadours.

La poésie fut commune aux peuples du Languedoc et à ceux de la Provence qui parloient la même langue. Il paroît même, par l'histoire du Languedoc, que la poésie provençale fut beaucoup plus cultivée dans le Languedoc, et dans les autres provinces occidentales de la France, qu'elle ne l'étoit dans la Provence, proprement dite. « Ce dont, dit l'historien, il est aisé de se convaincre sur l'autorité de deux anciens manuscrits de la bibliothèque du Roi, qui contiennent la vie et les ouvrages de ces anciens poëtes, communément appellés Troubadours : puisque, ajoute-t-il, sur plus de cent d'entre ces poëtes, à peine trouve-t-on neuf à dix provençaux, tandis qu'on en compte deux ou trois fois autant du Languedoc. L'historien de cette province justifie une réflexion que j'avois déjà faite et qui est fort simple ; c'est que notre idiome vulgaire ou le patois, a été formé quelques siécles avant la langue française, qui n'étoit elle-même qu'un patois que parloient les habitans de la rive droite de la Loire : patois qui, put plus aisément se réduire en un principe, et auquel la prononciation plus douce de ces peuples, et un certain accent agréable à l'oreille donnoient beaucoup de grace. Ce patois étoit le latin vulgaire, ou la langue romaine, distinguée de la latine, en ce que la première étoit la langue du peuple, tandis que l'autre étoit celle dont on se servoit dans les actes, où elle devoit par conséquent souffrir moins d'altération. Il suit delà que le meilleur patois est celui qui se rapproche le plus de la prononciation latine, et qu'il est mieux de prononcer *carita*, *carrete*, *castagne*, que d'y mettre un *h* comme on fait dans le Dauphiné; mais malheureusement dans une grande partie du Languedoc l'on appuye trop sur les consonnes finales : l'on dit *anioche* pour cette nuit; *lei basses* pour les bas : j'ai vu même des pays de cette province où un enfant ne pourroit pas prononcer *seigneur*, il faut absolument qu'il dise *seignur*, et quand vous les forcez à prononcer autrement, vous voyez qu'il est gêné. Ce défaut de faire sentir les finales, devient plus sensible à mesure qu'on s'approche des Pyrennées, et passant nécessairement dans le français chez ceux qui ne voyagent pas, donne ce qu'on appelle l'accent gascon. On s'en aperçoit moins aujourd'hui dans les jeunes gens qui parlent français, par le soin qu'ont les parents de leur défendre de parler patois.

2) Je décrirai les jeux de la touchante Isaure.

Quand je dis que Clémence Isaure étoit non moins chaste et plus grande que Laure, je ne cherche pas à flatter Messieurs les Languedociens aux dépends de la vérité: mais j'en suis intimément persuadé. Les détails de la vie de cette femme célèbre étant peu connus, elle nous apparoît comme à travers un nuage, c'est-à-dire sous un aspect propre à lui donner du relief, et à la rendre vénérable à la postérité ; et je ne fais aucune difficulté de la mettre par cette obscurité même, au-dessus de notre Laure, non que Laure ne fût chaste, mais parce qu'il y avoit dans sa conduite vis-à-vis de Pétrarque, quelque chose de mou, une sorte de coqueterie de vanité, que je suis loin d'imputer à l'institutrice des jeux floraux. Isaure ne fut sans

doute

doute que l'amante des lettres ; et quand dans une chanson du temps , on se reconnoit indigne de recevoir des fleurs de ses mains.

> *Dame Isaura merite pas*
> *D'abé de flous de bostei mas.*

C'est une preuve que l'illustre Toulousaine avoit le noble emploi de distribuer elle-même les récompenses littéraires.

5) Tes odorans vergers , tes vins délicieux.

Quoique le Languedoc fournisse beaucoup de bleds et d'huilés, il est néanmoins plus connu par ses vins et ses muscats : les vignobles de cette province sont immenses, et fournissent à la capitale une grande partie de sa consommation de vins , sans compter ceux que l'on exporte. Les vins de la côte du Rhône, connus sous le nom de vins de Tavel , sont de la plus grande délicatesse. Ceux de Ledenon, de St-Gilles, etc., sont plus ros , plus tartreux, souffrent mieux le transort, et ne sont pas moins exquis. En un mot , e Languedoc en général, excepté vers le nord , u côté des montagnes, et dans les plaines trop rasses , ne produit guère des vins qui ne soient u-dessus du médiocre.

) Tu suivis , en naissant, les traces des héros.

Je fais ici une apostrophe à Gaston de Foix , eveu de Louis XII , que je regarde comme lanuedocien. J'en parlerai à la fin dans une note lus étendue.

) Autrefois tes guerriers près de la Forêt noire.

C'est ce que nous apprenons de César , qui onvient qu'autrefois les Gaulois l'emportoient

4

sur les Germains en valeur, qu'ils portoient
la guerre dans leur pays, et savoient s'y maintenir, en y conservant la réputation de sagesse et de valeur qu'ils s'étoient acquise.
Il fait honneur aux seuls Volces Tectosages de
l'établissement des Gaulois vers la Forêt Noire :
Fertilissima Germaniæ loca , circa hercyniam
sylvam , Volcæ Tectosages occupaverunt ,
atque ibi consederunt, quæ gens ad hoc tempus
iisdem sedibus se continet summam que habet
justiciæ et bellicæ laudis opinionem.

6) S'apprêtoit à franchir les Alpes étonnées.

J'ai exposé dans le tableau de la Provence
quelle étoit mon opinion au sujet de ce passage.
Je ne le répéterai pas ici; j'observerai seulement
que je n'en ai point changé , et qu'il me paroît
probable qu'Annibal ait passé ce fleuve à Taras-
con, et soit arrivé au Lesc, au-dessus de
Bollène dans trois ou quatre jours de marche.
L'on oppose à cela de grandes autorités et de
fortes présomptions. Un champ près de Gaujac,
appellé de temps immémorial le camp d'Annibal ; une cuisse d'éléphant pétrifiée , non loin
de là , et des degrés taillés dans le roc au-dessus de Roquemaure , qu'on dit avoir été prati-
qués pour la descente des éléphants , ce qui
prouveroit que ce fameux capitaine passa le
Rhône à Montfaucon. C'est un procès entre les
curieux de ces recherches qui n'est point encore
décidé, et sur lequel je n'ai garde de prononcer.

7) Transporta dans la Gaule en ces heureux climats.

Il y a deux sentimens là-dessus , et des personnes instruites pensent que la France méri-
dionale est assez chaude pour produire l'olivier
d'elle-même , ensorte que cet arbre doit être

regardé comme indigène de nos provinces mé-
ridionales. D'autres au contraire le font venir
de la Grèce , et font honneur aux Phocéens
de sa transplantation dans la Gaule : Cette
opinion me paroît la plus vraisemblable.

8) Et fleurir les beaux arts sur ton sol transportés.

Les Phocéens s'établirent sur les côtes du
Languedoc , et dans l'intérieur de cette province : ils y fondèrent même des villes ; ensorte
que le Languedoc se ressentit presque aussitôt
que la Provence de l'heureux changement de
mœurs que nous procura l'établissement de cette
Colonie Grecque.

9) Cultive avec succès cet arbre précieux.

La culture du mûrier d'abord si négligée ,
que le grand Colbert craignant de la voir tom-
ber tout-à-fait, crut devoir l'encourager en Provence par une prime de 12 sous par pied d'arbre , est aujourd'hui étendue à des pays froids
et montagneux , où l'on n'auroit pas cru d'a-
bord que cet arbre originaire des pays chauds
pût s'acclimater. Dans les Cévennes , on le cultive et on le taille avec le plus grand soin : la
soie est la principale richesse de ces pays , et
l'habitant des Cévennes est si renommé pour
la conduite des vers à soie , qu'on appelle
par tout *Sévenez* celui qui soigne ce vers
industrieux.

10) Mille monts dans leurs flancs contiennent des
métaux.

Plusieurs montagnes des Cévènes et du haut
Languedoc , contiennent du plomb, de l'argent,
de l'antimoine , et d'autres métaux ou minéraux
précieux.   5

11) Roulant avec fracas des sables chargés d'or.

Il est sûr que le Cèze, le Gardon et quelques autres rivières du Languedoc roulent des paillettes d'or , mêlées à beaucoup d'autres paillettes luisantes qui trompent l'œil le plus exercé. Coudolet , petit mais joli village , situé près du Rhône , a toujours possédé et possède encore d'habiles orpailleurs. Habitants une presqu'isle à quelque distance de l'embouchure du Cèze dans le Rhône , ils vont sur les bords de l'une et l'autre rivière chercher les endroits où les crues ont fait un dépôt de sable mêlé d'or. Par l'usage qu'ils ont de ce travail ; ils sentent à la gravité de la corbeille , si la terre , dont elle est remplie , contient de l'or ; et quand ils en doutent , ils en font l'essai sur des couvertes raboteuses, en jettant de l'eau sur le sable. Si le sable contient de l'or , ce métal s'adhère à la couverte qu'ils sécouent dans un baquet ; ils font ensuite avec le mercure la séparation de l'or d'avec les matières étérogènes avec lesquelles il est mêlé.

12) Le Tarn que l'on a vu remonter vers sa source.

C'est-à-dire que le Tarn éprouva un débordement extraordinaire , au point que ses eaux furibondes entrèrent dans Montauban , quoique cette Ville soit située sur une colline assez élevée au - dessus du lit de la rivière. Ce phénomène, dont je ne connois pas la date, et qui est arrivé peu d'années avant la révolution , est consigné dans un tableau où l'on a peint le fleuve sous l'image d'une déesse irritée , avec cette inscription , tirée de la 2me ode d'Horace : *Tarni retortis undique violenter undès.* J'ai vu moi-même ce tableau dans l'hôtel-

de-ville de Montauban , et je m'en suis fait
expliquer le sujet par des personnes du pays.

13) Les sources que du ciel la bonté prévoyante

Les eaux imprégnées de particules de matières
minérales renfermées dans les montagnes , au
pied desquelles ces eaux coulent , sont toutes
plus ou moins minérales ; mais il y en a de très-
malfaisantes : c'est pour cela que la médecine
apporte le soin le plus scrupuleux dans l'analyse
de ces eaux. Le haut Languedoc ayant beaucoup de montagnes , a aussi beaucoup d'eaux
minérales, entr'autres celles d'Yousset, de Vals,
etc. Les Bains de Balaruc , village à quatre lieues
de Montpellier , près de la mer , sont fort
renommés.

LIVRE DEUXIÈME.

*TABLEAU de l'histoire ancienne et moderne
du Languedoc, sous les Tectosages, les
Romains, les Comtes de Toulouse, etc.*

LE Languedoc ancien ou la Tectosagie,
Qui reçut d'autres noms et fut Septimanie, (1
Contenoit dans son sein vingt peuples belliqueux,
Orgueilleux du renom de leurs nobles ayeux ;
Le Volce Tectosage ou Volce Arécomique
Ayant chacun ses lois, chacun sa république,
Mais fortement liés, sur-tout dans le danger,
Repoussoient bien loin d'eux le joug de l'étranger.
On voit leurs noms sortir des siècles de ténèbres,
Dont à peine on connoît les faits les plus célèbres;
On les voit s'établir dans de lointains climats
A travers les dangers, les fleuves, les frimats.
Du féroce Annibal la valeur indomptée
Des Volces respecta la fierté redoutée,
Et craignant qu'entraînés par l'or des Marseillais(2
Ils ne missent obstacle à ses hardis projets,
Il voulut les gagner, offrit son alliance ;
Rome le pressentit et leur fit même avance ;
Le Volce à tous les deux répondit fièrement,
Et sut de ces rivaux rester indépendant.
Mais maîtresse à la fin de l'altière Carthage,

Rome dicta bientôt des lois au Tectosage. (3

Un fameux général , le fier Œnobarbus ,

D'autres non moins vaillans , et sur-tout Manlius

Sachant mettre à profit leurs querelles , leurs haines ,

Aux belliqueux Gaulois purent donner des chaînes·

De ces dissentions ce sont là les effets ;

A leur aide César eut les mêmes succès ,

Et courut des confins de la Gaule asservie

Imposer sans pudeur des fers à sa patrie.

Alors le Languedoc et pays adjacents

Se soumirent sans peine à ces fiers conquérans.

Ce joug des fiers Gaulois affoiblit la mémoire ;

On oublia leur nom , leur triomphe , leur gloire.

Sous les Calligulas , sous les cruels Nérons

La Gaule fut en proie aux déprédations ,

De leurs vils favoris , esclaves de leur maître ;

L'on se réjouissoit de les voir disparoître ,

Un autre succédant , encor plus affamé ,

Laisoit la Gaule en deuil et son nom diffamé.

Aussi lorsque les Gots qui ravageoient la terre

Et se gorgeoient de sang sur le double hémisphère

Tombèrent sur le sol des Gaulois asservis , (4

Ceux-ci ne firent rien pour venger leur pays ,

Et le Romain perdit son faste et son empire.

Ce colosse imposant que n'avoient pu détruire

Ni le fier Annibal , ni le vaillant Pyrrus ,

Effraya par sa chûte et bientôt ne fut plus.

Des villes du haut rang , orgueilleuse rivale ,

Narbonne des Romains la noble capitale (5

Déchue en peu de temps de sa célébrité ,
S'éclipsa , ne fut plus qu'une foible cité.
Toulouse s'éleva , prit de la consistance ; (6
Alaric la bâtit avec magnificence ;
Il y tenoit sa cour , lorsque le grand Clovis
Vint fonder parmi nons le royaume des Lis.
Pour l'un et l'autre roi la guerre avoit des charmes:
Alaric assiégé voulut tenter les armes .
Les plaines de Vouillé virent ces fiers rivaux
Se chercher , se livrer les plus rudes assauts ;
Mais Alaric vaincu perdit toute sa gloire ,
Et Clovis orgueilleux de sa noble victoire
Affermit les destins d'un empire nouveau
Dont avant lui, la Gaule avoit vu le berceau.(7
Quand le fier Sarrasin , musulman fanatique ,
S'élança des déserts de la brûlante Afrique ,
Pour établir sur nous l'empire du croissant ,
L'Europe s'alarma de l'aurore au couchant ,
Et le vaillant Martel à la tête des princes
De leur joug odieux délivra nos provinces.
Protégé de Minerve et favori de Mars ,
Pour la gloire et son peuple affrontant les hasards,
Pepin , par qui Pavie à Rome fut soumise
Sut réprimer les grands et consoler l'église.
Génie encor plus vaste et plus ambitieux ,
Charles prudent, habile et constamment heureux,
Porta le nom français du couchant à l'aurore ,
Humilia l'orgueil du Saxon et du Maure ,
Et liant à son char les peuples et les rois
Il vit le monde plein du bruit de ses exploits.

Haroun fier musulman ; mais cœur grand et su-
    blime,
Révéra dans Bagdat ce prince magnanime : (8
Mais à quoi lui servit d'enchaîner l'univers
Quand le destin sitôt nous gardoit des revers ,
Et que chaque seigneur cessant de se connoître
Affecta la puissance et voulut être maître !
Alors la royauté ne fut plus qu'un vain nom :
Le duc et le marquis , le comte et le baron ,
S'appropriant eux seuls les terres des conquêtes
Au-dessus du monarque élevèrent leurs têtes.
Guillaume, Bérenger , et sur-tout les Raymonds
En fondant un comté signalèrent leurs noms :
Rien n'égaloit alors la splendeur de Toulouse :
De sa prospérité la France fut jalouse.
Enrichi des débris de cent petits états ,
L'on vit bientôt son comte égal aux potentats
Étendre son pouvoir sur cette plage immense ,
Qui de célèbres monts embrasse la distance. (9
Les orages civils joints aux religieux
Rendirent Raymond VI un prince malheureux.
L'audacieux Montfort sous prétexte de zèle
Le faisant déclarer à l'église rebelle ,
Lui suscita toujours de puissans ennemis :
Raymond VII plus docile, au Pontife soumis ;
Après mille revers que l'histoire signale ,
Recouvra ses états , conquit sa capitale.
Mais Toulouse bientôt vit un jour plus serein ,
Et sous les rois de France affermit son destin ,
Quand Jeanne du comté l'unique souveraine

Leur transmit par l'hymen son opulent domaine.
Cette ville eut alors un parlement fameux
Qui régloit sagement les droits de nos ayeux. (10
Mais quels jours désastreux viennent à ma mé-
    moire,
Puissent-ils à jamais s'effacer de l'histoire,
Et ne plus rappeler les souvenirs amers,
Qui sont à chaque page à nos regards offerts.
Il fut un temps de deuil, de tempête et d'orage
Où l'horizon jamais ne resta sans nuage ;
Où le sage voyoit d'un œil sombre, alarmé,
Deux frères en fureur l'un contre l'autre armé,
Qui couroient assouvir leur rage meurtrière,
Dans le sang qu'à tous deux avoit donné leur mère:
Malheureux ! plains l'erreur de ton frère égaré !
Cherche à le ramener vers le bercail sacré !
On suivit, mais trop tard, le parti pacifique
Que dicte au vrai chrétien le zèle évangélique ;
Ce zèle qui toujours s'allie à la douceur,
Et l'on n'employa plus le glaive et la fureur. (11
Hélas ! nous avons vu des fureurs politiques
Renverser les états de leurs bases antiques
Et remplir tout de trouble et de confusion !
Que de maux tu causas fatale ambition !
Depuis plus de vingt ans le démon de la guerre
Avoit de notre sang abreuvé l'hémisphère !
La jeunesse en naissant destinée aux combats,
Etoit comme une fleur sous la faux du trépas.
Enfin l'excès des maux nous ouvrit l'espérance
Le labarum des Lis vint luire sur la France

Louis qui gémissoit de nos maux éternels
Vint nous ouvrir son cœur et ses bras paternels
Sa royale bonté nous console et rassure.
Mais l'intrigue s'agite et dans la nuit obscure
Elle agite ses traits , aiguise ses poignards ,
Et de couleur de sang ornant ses étendards ,
Elle appelle à grands cris cet homme impitoyable
Que jamais le malheur ne trouva sécourable
Et pour qui les combats sont des ris et des jeux.
Les princes s'arment tous, il s'arme seul contr'eux.
Il n'est point effrayé d'un si grand sacrifice ;
Que m'importe , dit-il , *que l'univers périsse !*
De mon noble projet qui pourroit m'éloigner !
Compte-t-on les forfaits s'il s'agit de régner ! (12
Provence , Languedoc , votre valeur guerrière
Rallentit quelque temps sa rage meurtrière ,
Mais il fallut céder au choc des bataillons ;
Hélas ! ils ont changé le sort des nations ;
Vendus au plus offrant qui vouloit la détruire ,
Par eux Rome autrefois vit déchoir son empire ;
Oui vous cédâtes donc, mais en sauvant l'honneur,
Une infâme victoire au perfide vainqueur.
Pont qu'on auroit dû mettre au nombre des mer-
         veilles ,
Tes épérons hardis , tes arches sans pareilles
Qui braveront toujours les outrages du temps ,
Ont gémi sous l'effort de tous ces combattans ;
Vous vîtes habitans , les royales cohortes
Que le fer et l'airain repoussoient de vos portes,
Vous vîtes d'Angoulême en proie à ses douleurs,

Ne devoir son salut qu'à vos murs protecteurs.
Là tranquille et serein , au milieu de l'orage ,
Ce grand prince animé du plus mâle courage ,
Méditoit à loisir sur ces fameux revers ,
Dont le bruit formidable a rempli l'univers ;
Fruit de l'ambition , source de mille crimes ,
Qui dégoûte toujours du sang de ses victimes ,
Monstre , ennemi de l'ordre , ennemi de la paix ,
Et dont le front d'airain ne sourit qu'aux forfaits.
Enfin l'hydre abattu n'effraya plus la terre ;
Le règne des méchans n'est qu'un règne éphé-
        mère ;
Mais tempête terrible , ouragan destructeur
Ils sèment sous leurs pas la mort et la terreur.
Puissions-nous , oubliant nos anciennes querelles
Au pouvoir souverain montrer des cœurs fidèles,
Sous l'étendard des Lis , fiers d'être réunis
Devenir la terreur de tous nos ennemis ,
Et toujours protégés par un ordre immuable ,
Voir des fils de Henri le trône inébranlable.

Fin du livre second.

NOTES.

NOTES.

1) Qui reçut d'autres noms et fut Septimanie.

Le Languedoc qu'habitoient les Volces, dis-
tingués en Tectosages, arécomiques, etc. étoit
anciennement la Tectosagie, puis l'Occitanie,
la Septimanie, la Gothie, lorsque les Gots
se furent emparés de la Gaule Narbonnaise;
et enfin le Languedoc. La France fut même,
pendant long-temps, et cet usage existoit encore
sous Charles V, comprise sous les deux divi-
sions générales de Languedoc, et Langue d'oil.
L'on appelloit Langue d'oc les provinces méri-
dionales situées à la gauche de la Loire, parce
que les peuples prononçoient hoc, et Langue
d'oil celles situées à la droite de cette rivière,
parce que l'on prononçoit oil au lieu d'oc. Le
nom de Septimanie que conserva long-temps
cette province a pu venir, selon l'historien, de
ses sept principales villes, ou de ses sept principales contrées, de même que les neuf cités
principales de la Gascogne lui avoient fait
donner le nom de Novempulanie.

2) Et craignant qu'entraînés par l'or des Marseillais

Les Volces habitans des environs des Pyré-
nées, avoient d'abord reçu favorablement les
ouvertures que leur fit Annibal, de son dessein
de porter la guerre en Italie et de laisser la
Gaule en paix. Au contraire, les Volces qui
habitoient les environs du Rhône, soit qu'ils
fussent les alliés des Marseillais à raison de
la proximité des pays, soit qu'ils craignissent
le ressentiment de ces fidèles amis des Romains,
mirent plus d'obstacles au passage d'Annibal,

7

et lui livrèrent plusieurs combats. Mais comme ces combats leur coûtoient beaucoup de sang, et occasionnoient le ravage de leurs terres, ils finirent par lui accorder la liberté du passage. Il est vrai que les Tectosages qui habitoient la rive gauche du Rhône se mirent en devoir de le lui disputer, et qu'il fallut toute l'habileté d'Hannon pour les déconcerter, mais à l'aide d'une si puissante diversion et des radeaux que lui avoient vendus les riverains d'en deçà du fleuve, il ne fut pas difficile au Carthaginois qui savoit si bien profiter des momens, de le franchir.

3) Rome dicta bientôt des lois au Tectosage.

Les victoires remportées par Domitius Œnobarbus et Fabius Maximus sur Bituitus, roi des Auvergnats, peuple alors puissant, décidèrent du sort d'une partie de la Gaule, et soumirent nos pères au joug de Rome, contre lequel ils avoient lutté si long-temps. Ce fut l'époque de l'érection de la Gaule Narbonnaise en province Romaine. L'auteur de l'histoire de Nismes pense néanmoins que la Gaule Narbonnaise, ou le Languedoc, ne passa au pouvoir des Romains, que par la soumission volontaire des principaux peuples qui l'habitoient, ce qu'il prouve par la faveur singulière que les Romains accordèrent à ces peuples, de se gouverner par leurs propres lois; mais c'étoit là une faveur qui entroit assez dans la politique des Romains, et il est très-probable que ces fiers Gaulois, si impatiens d'une domination étrangère, désespérant de pouvoir se soutenir plus long-temps contre cette puissance colossale, ne voulurent paroître avoir le mérite d'une soumission volontaire, que pour conserver une partie de leurs immunités.

4) Ceux-ci ne firent rien pour venger leur pays.

Les peuples de la Narbonnoise étoient ac-
cablés d'impôts sous Avitus, et encore plus sous
Majorien et Severe, ses successeurs. Quand
un gaulois de mérite se faisoit connoître à la
cour de l'empereur et obtenoit quelque emploi,
les gouverneurs romains, par jalousie, le ca-
lomnioient, et mettoient tout en usage pour
le lui arracher : ce qui devoit beaucoup indis-
poser une nation à laquelle il restoit encore
quelque sentiment de sa liberté ; aussi les Gaulois agirent-ils mollement, lorsque les romains
furent attaqués par les Visigots dans ces provinces. Bien plus, Agrippin, seigneur Gaulois,
à qui sa naissance et ses services avoient mé-
rité le commandement d'une partie des Gaules,
voulant se venger du comte Gilles, gouverneur de la province qui n'avoit rien oublié
pour le perdre, s'unit avec les Visigots et leur
livra Narbonne. La perte de cette ville, qui
étoit depuis six siècles le boulevard des Romains
contre leurs ennemis, entraîna celle de toute
la Narbonnaise première, c'est-à-dire, de toute
cette vaste contrée qui s'étend jusqu'au Rhône.

5) Narbonne des Romains la noble capitale.

Narbonne, sous les Romains, étoit parvenue
au plus haut degré d'opulence ; et quoique par
le séjour des princes Visigots à Toulouse elle
fût déjà déchue d'une partie de son opulence,
elle étoit encore si riche, que quand Childe-
bert après sa victoire sur Amalaric roi des Visigots, se fut emparé du butin de cette Ville,
il trouva entr'autres objets précieux, dans les
églises de Narbonne, soixante calices et quinze
patènes d'or pur, enrichies de pierreries dont

8

il fit présent aux églises de ses états. L'on a prétendu que ces vases étoient les mêmes que les Romains avoient enlevés autrefois du temple de Salomon et transportés à Rome : qu'étant devenus la proie d'Alaric dans le sac de cette grande Ville, ils avoient passé depuis dans le trésor des rois Visigots, successeurs de ce prince.

6) Toulouse s'éleva, prit de la consistance.

Selon M. de la Martinière, quoique Toulouse fût une des Villes les plus célèbres de l'Empire Romain, néanmoins elle ne fut jamais métropole ou capitale de province sous les Empereurs : ce fut sous les rois des Visigots qui y établirent leur résidence, qu'elle devint une ville royale, reconnaissant toutefois Narbonne pour métropole ecclésiastique. Alaric II, que Clovis vainquit et tua à la bataille de Vouillé, près Poitiers, l'an 507, l'avoit fait rebâtir et rendue digne d'être la capitale d'un grand royaume.

7) Dont avant lui la Gaule avoit vu le berceau.

Quand le père Daniel ne place le commencement de la monarchie française que sous Clovis, c'est sans doute moins pour nous dérober le spectacle peu agréable des rois francs, portant de noms barbares, et faisant des courses signalées par mille cruautés, sans but fixe et par le seul appât du butin, que pour nous mettre tout de suite sous les yeux la France chrétienne ; ce qui est louable et digne d'un religieux ; mais nous sommes tellement engoués de l'antiquité, que quoique l'origine de notre monarchie se perde pour ainsi dire dans la nuit des temps, nous voudrions, s'il étoit possible, la reculer encore.

8) Révéra dans Bagdat ce prince magnanime.

Le fameux Haroun Al-Raschid, c'est-à-dire, Justicier, conçut tant d'estime pour Charlemagne, qu'il lui envoya des présents avec les clefs du St. Sépulchre, ce qui put faire concevoir dès lors aux chrétiens occidentaux, l'espoir d'une croisade, dont le succès ne paroissoit pas devoir être douteux, à l'époque où l'esprit de chevalerie, joint au zèle pour la religion, étoit capable d'enfanter des prodiges.

9) Qui de célèbres monts embrasse la distance.

Quand Raymond V, à l'âge de 14 ans, succéda à Alphonse Jourdain son père, il hérita de vastes états qui s'étendoient depuis les Pyrennées jusqu'à la rivière de Lisère et aux Alpes. Ce prince étoit si puissant, dit l'historien, qu'il le pouvoit disputer aux plus grands vassaux de la couronne, et au roi lui-même, dont le domaine particulier étoit bien moins étendu.

10) Qui régloit sagement les droits de nos ayeux.

Le parlement de Toulouse, aussi ancien que celui de Paris, remonte au milieu du 13me siécle ; c'étoit le parlement particulier, dit l'historien du Languedoc, d'Alphonse, frère de St. Louis, mari de Jeanne, fille de Raymond VII, dernier comte de Toulouse. Ce parlement, que Philippe-le-Bel rendit ensuite sédentaire au commencement du 14me siécle, conserva toujours, jusqu'à l'époque de sa suppression, une grande réputation de lumières et d'intégrité. Il falloit bien qu'il fût éclairé, puisque le ministre le consultoit préférablement à tout autre sur les cas les plus épineux du droit : Mais ce ce qui faisoit encore plus d'honneur au parlement de Toulouse , c'est son intégrité et son impartialité. En parcourant la collection des arrêts des différentes cours du royaume , l'on s'aperçoit que celle-là s'est plus souvent élevée que les autres au-dessus des préjugés du temps ; et a presque toujours rendu justice aux plébéiens, lorsque leur cause étoit juste , quelque puissant que fût d'ailleurs leur adversaire.

11) Et l'on n'employa plus le glaive et la fureur.

N'ayant pas cru pouvoir éviter dans cette courte exposition de l'histoire du Languedoc , de dire un mot des guerres de religion , je l'ai fait avec toute la circonspection dont je suis capable , et d'une manière conforme à mes principes , car personne n'est plus ennemi que moi de la persécution ; je suis catholique et je m'honore de l'être. Mais je suis bien affligé de voir que nos pères ayent si souvent employé , pour ramener leurs frères , des moyens si opposés à la charité évangélique , et si peu propre à atteindre leur but. Il est bien fâcheux que sur cinq volumes in-folio , que renferme l'histoire du Languedoc , il y en ait à peu-près un quart, consacré à éterniser le souvenir de tragédies dont l'impression est si difficile à effacer.

12) Comte-t-on les forfaits s'il s'agit de régner?

Je lui attribue non sans fondement la maxime sacrilége de César, qu'obligés dans toutes les autres situations d'observer l'équité et la justice , l'on pouvoit tout fouler aux pieds quand il s'agissoit d'un trône. Il seroit diffice d'être moins délicat sur les moyens de réussir : aussi avec de pareils principes , va-t-on loin dans la carrière du bouleversement du monde , quand

on a le vent en poupe. Puissent tous les français, revenus de bonne foi dès projets chimé-
rique de félicité, que quelques-uns fondoient et
fondent peut-être encore sur un affreux système
de subversion de l'ordre actuel , comprendre à
la fin et se bien pénétrer , qu'hors la paix et
le gouvernement légitime, tutélaire de nos droits,
il ne peut y avoir pour nous ni repos , ni
bonheur.

LIVRE TROISIÈME.

Les Antiquités.

IL est un aqueduc qu'un Empereur romain,
Le grand, le vénérable et pieux Antonin,
Et l'immortel honneur de Nismes sa patrie
Éleva sur trois ponts de structure hardie,
Ouvrage merveilleux dont les arcs imposants
Triompheront toujours des outrages du temps.
L'étranger stupéfait avidemment contemple
Ces masses qui menoient une eau lustrale au
    temple ;
Cette eau baignoit les murs d'une immense cité
Quand le siége romain à Nismes transporté,
En fit pour quelque temps une autre capitale,
Reine du Languedoc et de Rome rivale.
De ce noble acqueduc l'excessive hauteur
Accompagne des murs l'étonnante épaisseur ;
Des arcades du pont l'ouverture est immense,
Et l'œil avec surprise en parcourt la distance.
C'est par ces monumens qu'affamés de renom
Les célèbres Romains éternisoient leur nom.
Ils desiroient briller au temple de mémoire ;
Que les siècles futurs publiassent leur gloire :
Et lorsqu'aux intérêts de la célébrité
Ils ajoutoient encor ceux de l'utilité,
Ils vouloient qu'en dépit de ses cruels outrages

Le temps qui détruit tout respectât leurs ouvrages,
Aussi lorsque les Gots , ennemis des Romains,
Pour abattre ce pont réunirent leurs mains ,
Ils le virent porté sur deux nobles collines
Braver avec orgueil l'effort de leurs machines.
Mais les fastes Romains n'ayant point constaté
Le temps où fut construit ce colosse indompté,
Cette époque pour nous sera toujours obscure,
Bien d'autres monumens n'en ont pas de plus sûre;
Et l'arène où jadis le vil gladiateur
Armé de pied en cap alloit avec chaleur ,
Au péril de ses jours combattre un adversaire,
Nous montre son enceinte et nous cache son père;
Hélas ! pourquoi faut-il que nulle inscription
De son grand fondateur n'éternise le nom ,
Que sur ce monument la triste conjecture
En attribue à deux la superbe structure !
Le temple de Diane , élégant panthéon (3
Et consacré sur-tout à la sœur d'Apollon ,
A même obscurité , car l'on dispute encore
Sur le temps où parut la nef qui le décore.
Cette maison carrée où l'on voit des rameaux
Des colones orner les nobles chapiteaux,
Où le christianisme avoit placé la Vierge
Sur le prophane autel de l'aveugle Minerve ,
Étoit-ce un autre temple où l'Empereur romain
Faisoit rendre à sa femme un hommage divin? (2
Étoit-ce un capitole , un temple de justice ?
Nous l'ignorons encor, mais ce bel édifice ,
Ces colonnes , ces fûts d'ordre Corynthien

Que la foule attribue au célébre Adrien ;
Ces ornemens exquis , ces frises admirables
Portent du goût romain les traits ineffaçables,
Ainsi ce peuple altier qui soumit l'univers ,
En nous donnant les arts nous forgea d'autres fers,
Et pour gagner les cœurs par un plus doux empire
Créa ces monumens que le bon goût admire,
Souvent l'esprit humain par l'erreur égaré
Rendoit à l'homme même un culte révéré!
L'Empereur qui reçut le beau surnom d'Auguste,
Inique triumvir , mais prince bon et juste ,
Avoit en plusieurs lieux des temples, des autels:
Là, recevant l'hommage et l'encens des mortels,
Il voyoit prosternés aux pieds de ses images ,
Des hommes comme lui, souvent beaucoup plus
     sages ;
Ces autels ne sont plus ; reste à peine le nom
De ces vils monumens de l'adulation :
Ainsi lorsque ces grands qui dominoient le monde
Ont perdu le pouvoir où leur orgueil se fonde,
Ou que la mort met fin à leur culte vanté ,
Ne laissent qu'un vain nom trop souvent détesté,
Par un travers d'esprit que nul autre n'égale
Le fou Caracalla , Claude Héliogabale,
D'un peuple méprisé barbares assassins ,
Étoient Dieux , recevoient les hommages divins
Peuples offrez vos vœux, consacrez des flamines,
De deux frères rivaux les guerres intestines
Vont faire de l'un d'eux un Dieu du second rang,
Ce ridicule honneur il l'obtient par son sang ;

L'autre n'est point jaloux que le ciel ait son frère,
Pourvu que son rival ne soit plus sur la terre.
Ne calomnions point nos malheureux aïeux ,
Leur erreur trop souvent multiplia les Dieux ;
Mais leur cœur repoussoit de profanes hommages;
De ces Dieux impuissans ils brisoient les images;
En dépit néanmoins des plus affreux revers :
Ils révéroient toujours le Dieu de l'univers, (6
Qui préside au destin , gouverne le tonnerre ,
Et répand ses bienfaits sur le double hémisphère?

Fin du livre troisième.

NOTES.

1) Le grand, le vénérable et pieux Antonin.

Le Pont du Gard, au jugement des connoisseurs, passe pour un des plus hardis et des plus
superbes édifices de l'antiquité. Ce chef-d'œuvre
qui fait encore aujourd'hui l'admiration des
plus habiles architectes, est situé à 3 lieues de
Nismes vers son nord-est, entre deux montagnes, éloignées l'une de l'autre de 136 toises.
La rivière du Gardon, qui descend des montagnes des Cévènes et s'embouche dans le Rhône
un peu au-dessous de Valabrègue, coule sous
le Pont auquel elle a donné son nom. Ce colosse
de maçonnerie, comme l'appele l'historien du
Languedoc, fut élevé par les Romains pour
conduire à Nismes les eaux de la fontaine d'Eure
qui prend sa source un peu au-dessous d'Uzès.
Sa fondation est solide et posée sur le vif rocher
d'où s'élèvent trois rangs d'arcades à plein cein-
tre, qui forment trois ponts l'un sur l'autre,
avec des retraites et des compartimens si bien
proportionnés à toute la masse, qu'ils marquent
le dessein qu'avoient les Romains d'en éterniser
la durée, autant que celle de leur nom. Ce
Pont, dont la solidité résista à tous les efforts
des Gots, ennemis des Romains, qui vouloient
le détruire, faisoit partie de l'acqueduc qui
avoit quatre lieues de long, et se terminoit à
Nismes près la Tour-Magne, où étoit le grand
reservoir, qui fournissoit des eaux à la Ville,
aux temples pour les lustrations et à l'amphithéâtre pour la représentation des naumachies.
Depuis qu'on a déblayé l'amphithéâtre, l'on y
a trouvé en creusant, les conduits qui recevoient

les eaux pour ces sortes de spectacles. Outre le pont, proprement dit jetté sur le Gardon, il y a encore à côté et à quelque distance, des restes de l'aqueduc, dont les ouvertures et la pierre couverte d'une mousse noirâtre ont de loin quelque chose d'imposant. Il faut que le pont du Gard soit bien majestueux, quand J. J. Rousseau, dont l'imagination étoit si vive, avoue que cette fois là la réalité l'emporta sur l'ouvrage de son imagination.

2) Et l'arène où jadis le vil gladiateur.

L'amphithéâtre de Nismes qui subsiste oncore est un des plus entiers et des plus précieux monumens de l'antiquité. On ignore le temps de sa construction ; quelques-uns l'attribuent à l'Empereur Antonin le pieux, qui le fit, dit-on, élever pour orner cette Ville dont il étoit originaire ; mais cela n'est constaté ni par l'histoire, ni par aucune inscription.

La figure de l'amphithéâtre de Nismes est ovale comme celle de l'amphithéâtre de Rome. Deux rangs de soixante arcades chacun, l'un sur l'autre, forment tout autour divers portiques. Il ne reste plus aujourd'hui que 17 rangs de siéges des 30 qu'il avoit, et qui étoient si bien disposés que 20000 personnes pouvoient s'y asseoir commodément. Cet amphithéâtre, vulgairement appelé les Arènes, a servi long-temps de forteresse ; c'étoit il y a quelques années, un village bien habité. Les maisons dont il étoit rempli ont été démolies depuis peu ; l'arène tout-à-fait déblayée, et les arcades du rez-de-chaussée fermées avec des grilles de fer.

3) Le Temple de Diane, élégant Panthéon.

Le Temple de Diane est un des monumens qui

‍

se sont conservés dans la même ville, sans qu'on sache le temps de leur construction. Il paroît, par ce qui en reste, que la structure de ce temple étoit très-belle. Il étoit voûté en arcs doubleaux et bâti de gros quartiers de pierre parfaitement liés ensemble, sans le secours d'aucune espèce de ciment. Il y avoit au-dedans 12 niches placées dans les intercolomnes, pour autant de statues qui représentoient sans doute les douze principales divinités du paganisme. Ce qui a fait croire que c'étoit un panthéon plutôt qu'un temple particulièrement consacré à Diane. Il y en a même qui ont prétendu que ce monument étoit plus ancien que Rome : quelques-uns ont voulu qu'il fut consacré à Vesta : car ces sortes d'ouvrages souvent grossiers et informes tirent leur plus grand prix de leur ancienneté ; mais n'eût on d'ailleurs d'autres documens, il ne paroît pas douteux qu'à raison du voisinage d'une belle fontaine, le temple dont il s'agit n'ait été consacré à la déesse, qui, pour se délasser des fatigues de la chasse, aimoit à prendre les bains, et qui punit d'une manière si exemplaire le téméraire qui se rendit coupable à son égard d'une indiscrète curiosité.

4) Cette Maison Carrée où l'on voit des Rameaux.

Un autre ancien édifice, qui décore la ville de Nismes, et n'est pas moins digne des regards des curieux, c'est la Maison Carrée, située à quelque distance de l'amphithéâtre, et qui s'est conservée en son entier. On l'appelle Maison Carrée, parce que c'est un carré long sur 12 toises de longueur, six de largeur et autant de hauteur ; mais nulle inscription, nulle date qui instruise la postérité de l'époque de sa construction et de l'usage pour lequel elle fut cons-

truite. Les savans se sont inutilement mordus
les doigts pour découvrir si c'étoit la basilique
que l'Empereur Adrien fit bâtir dans la même
ville en l'honneur de Plotine, veuve de Trajan,
son épouse et sa bienfaitrice, si c'étoit un capitole où s'assembloient les magistrats, ou bien
un temple; mais ce dernier sentiment est le
plus vraisemblable. Quoiqu'il en soit, l'édifice
est orné au dehors de trente colonnes canelées
d'ordre Corynthien, dont la sculpture qui orne
les chapiteaux et les frises, fait encore aujour-
d'hui l'admiration des plus habiles connoisseurs.
Louis XIV le fit réparer en 1689, et en fit don
aux religieux Augustins auxquels il a servi d'é-
glise jusqu'à la révolution.

5) Vont faire de l'un d'eux un Dieu du second
    rang.

Il nous seroit difficile aujourd'hui d'évaluer
exactement l'opinion des peuples sur ces ridi-
cules apothéoses, parce que les ténèbres de
l'idolâtrie dans lesquelles ils croupissoient depuis si long-temps, les avoient accoutumés à
toutes les extravagances en matière de culte;
mais il est probable que dans un siécle qui
n'étoit point sans lumières, le peuple n'en
étoit pas la dupe, et qu'il étoit encore plus
courbé sous le joug du despotisme que sous celui
de la superstition.

6) Ils revéroient toujours le Dieu de l'univers.

C'est une réflexion que fait un traducteur
de Suetone, au sujet de la douleur où la mort
de Germanicus plongea les Romains : le peuple
dans son désespoir, s'en prit à ses Dieux impuissans; il lapida les temples, traîna les dieux
lares dans la boue et leur fit mille autres outra-

ges ; mais content de se venger sur ces dieux
subalternes , il n'osa attenter à la majesté du
grand Jupiter ; ce maître du ciel et de la terre ,
Que les Romains adoroient sous le nom de Jupiter optimus maximus , comme pour recon-
noître les deux premiers attributs de l'Être-
Suprême , ne cessa pas un instant d'être l'objet
de leurs adorations et de leurs sacrifices.

LIVRE QUATRIÈME.

Le Canal royal du Languedoc ; digression sur les beaux arts florissants sous le règne de Louis XIV , et le ministère du grand Colbert.

Cette mer qui du globe embrasse le contour,
Et montre un sein paisible ou mugit tour-à-tour,
Alloit enfin s'unir par un autre hyménée
A celle qu'on nomma la méditerranée ,
Quand Hercule eut ouvert par son bras vigoureux
Une nouvelle voie aux flots tumultueux.
L'on creuse ce Canal , merveille de la France (1
Qui sillone le sein d'une province immense.
On abaisse avec art les terreins inégaux ,
Plus d'un mont dans ses flancs voit circuler les
     eaux ;
De superbes hauteurs s'affaissent, s'aplanissent,
Et sous leurs lourds débris les Madriers gémissent'
Si par fois, le granit , aussi dur que l'acier ,
Aux plus rudes efforts oppose un mur de fer ,
Aussitôt par degrés l'on construit des écluses
Qui recevant les eaux dans leurs bassins recluses
Sur la pointe d'un roc élèvent le bateau
Et frappent-le passant d'un spectacle nouveau.
C'est ainsi que les arts enfantent les miracles ,

Triomphent par l'adresse et forcent les obstacles.
C'est par eux que l'Egypte asservit autrefois
Un fleuve impétueux à ses suprêmes lois ,
Et dirigeant l'essor de sa course orgueilleuse,
S'enrichit du tribut de son eau limoneuse.
Le nouveau Périclès , le plus-grand de nos rois
Appelloit à sa cour tous les arts à la fois.
Dans les travaux de Mars, transporté par la gloire,
Louis vola long-temps de victoire en victoire :
Des peuples redouté comme un autre César ,
Il sembloit attacher les destins à son char.
Mais la victoire , hélas ! qui coûte tant de larmes
Pour son cœur magnanime avoit eu trop de
        charmes :
Il devoit aux français , il devoit aux humains
Faire un présent plus pur , plus digne de ses
        mains ;
A sa voix les beaux arts, fruit heureux du génie,
Vont répandre par-tout une nouvelle vie ,
Ennoblir l'élégance , élever la grandeur ,
Soulager l'indigent et doubler le bonheur :
L'étanger stupéfait admire , s'émerveille ,
Et d'un profond sommeil l'Europe se réveille. (2
La main de l'architecte embellit les cités ,
Dans leur sein de la mer les flots sont transportés
De superbes voiliers fendent l'azur de l'onde ,
L'Europe s'enrichit de l'or d'un nouveau monde
Que le hardi Colomb , ce célèbre Génois
Sur un frêle vaisseau , découvrit autrefois.
C'est en vain que le ciel mit une mer immense

Entre les continents, l'art franchit les distance
Et rapprochant entr'eux mille peuples divers,
Ne fait qu'un même tout de ce vaste univers.
Heureux si bannissant la discorde ennemie
Et resserant entr'eux le doux nœud qui les lie,
Ils savoient vivre en paix, s'ils observoient les lois,
Que dictoit Fénélon aux peuples comme aux rois.
Magnifique Colbert, dont la gloire fut d'être
Le ministre éclairé, le guide de ton maître !
Tant que le firmament fera briller ses feux,
Tu seras célébré de nos derniers neveux :
Ton ministère heureux qu'épargna la censure
Sera toujours l'objet d'une louange pure.
L'on n'oublira jamais les établissemens
Que créa ton génie ; éternels monumens
Qui prouvent qu'attentif aux besoins de la France,
Aux lauriers du dieu Mars tu joignis l'abondance;
Hélas ! il est un terme à toutes les grandeurs !
La fortune à Louis prodiguoit ses faveurs :
Elle les lui retire, et bientôt l'abandonne ;
Elle met en péril sou sceptre et sa couronne :
Louis aimoit son peuple, il gémit de ses maux;
Et forcé de s'armer contre ses fiers rivaux;
Il fait part aux Français des cruels sacrifices,
Où le forçoient du sort les rigoureux caprices!
Le Français à sa voix ranime sa valeur ;
Il s'indigne, il rugit, il part, il est vainqueur. (3
Quand un peuple en son roi peut voir encor son
     père,
L'étranger n'a jamais qu'un triomphe éphémère;

Mais il n'est pas ainsi de ces fiers conquérans '
D'un peuple infortuné redoutables tyrans ,
Dont la célébrité s'achète par des crimes ,
Qui ne sauroient régner qu'en faisant des victimes;
Sous le poids du malheur ils restent abattus ,
Si leur fortune change ils sont bientôt perdus.
Mais détournons les yeux des revers de nos pères
Et portons nos regards sur leurs destins prospères,
Quand du globe persique au pays des Germains ,
L'étranger accouroit des rivages lointains
Pour voir de nos cités la pompe merveilleuse ,
Admirer de nos arts l'adresse ingénieuse ,
Et par un doux tribut , fruit de la vanité ,
Déposer de leurs mœurs la farouche âpreté,
Du hardi Richelieu l'étonnant ministère ,
En abaissant ces grands qui désoloient la terre ,
Avoit donné l'essor , reglé l'impulsion ;
De plaire l'on sentit la douce ambition ;
Et déjà les succès de l'aîné des Corneilles
Étoient les précurseurs de mille autre merveilles:
La langue accrut sous lui sa pompe et sa clarté ;
Bientôt tous les beaux arts , par leur rivalité
Acquirent aux Français une plus noble gloire ,
Que jamais n'en donna la plus belle victoire.
Lully de la musique étend le sublime art ,
Un palais somptueux s'élève sous Mansard
Et frappe tous les yeux par sa noble élégance ;
De magiques jets d'eau coulent en abondance :
Le ciseau de Puget , le pinceau de Poussin
Sont ceux de Raphaël , du Guide ou de Bernin. (4

De savants procédés donnent à nos teintures
Tout l'éclat de la pourpre et nos manufactures,
Fruit de l'attention d'un ministre éclairé,
Obtiennent en Europe un succès ignoré.
Alors tous les esprits s'animent, s'électrisent,
Le cœur cède à son tour et les mœurs s'humanisent,
Le prince révéré, moderne Salomon,
Aux rois du continent donne par-tout le ton.
Nos voisins, nos rivaux parlent notre langage,
Admirent nos progrès et nous rendent hommage;
Ils sentent près de nous ces charmes, ces attraits
Qu'ils tâchent d'imiter, qu'ils n'atteignent jamais:
Ainsi l'urbanité, l'aimable politesse
Remplacèrent les mœurs de l'antique rudesse.
Mais polis sans cesser d'être francs, vrais, ouverts,
Les hommes n'étant point d'un vil masque cou-
    verts,
Trouvoient dans les liens d'un commerce agréable
Les bienfaits prévénants, la bonté sécourable.
L'on révéroit alors les princes et les rois,
De la religion l'on observoit les lois,
Et l'on ne voyoit point une raison altière,
Sur le dogme porter sa lueur téméraire,
Ni des hommes pervers d'un ton insinuant
Par leur morale impie enhardir le méchant,
Et sous le beau vernis de la philosophie,
Au juste ôter l'espoir d'une meilleure vie.

Fin du livre quatrième.

NOTES.

1) L'on creuse ce canal, merveille de la France.

Le Canal royal du Languedoc, la première merveille du siècle où tant de beaux monumens sortirent de la main des arts, entreprise colossale qu'avoient inutilement tentée les rois ses prédécesseurs, fut commencé et heureusement terminé par les soins de Louis XIV, qui donna en 1664 des ordres pour sa construction. L'ouvrage fût dirigé par M. Riquet de Beziers, habile ingénieur, et conduit à sa perfection en 1682. Il fallut, il est vrai, lutter contre de très-grandes difficultés, couper des montagnes, élever des terreins; pratiquer des écluses, entr'autres celles de Beziers qui nous offrent un des plus beaux spectacles de l'industrie humaine, une barque s'élevant par degrés sur un rocher : Mais de quoi les ressources des arts et un travail opiniâtre ne viennent-ils pas about?

2) Et d'un profond sommeil l'Europe se reveille.

Je suis loin de croire que l'Europe fût plongée dans l'assoupissement de l'ignorance avant le règne de Louis XIV; je sais que les lettres grecques et latines étoient cultivées avec succès dans plusieurs contrées circonvoisines, plus d'un siècle avant lui, et que ce ne furent pas les français qui les mirent d'abord en vogue. Je sais que le premier rayon de lumière nous vint de l'Italie; que les campagnes de Charles VIII et de Louis XII donnèrent occasion aux français de voir et d'admirer des chefs-d'œuvres des arts inconnus alors à notre nation; qu'il est même tels de ces chefs-d'œuvre que toute l'ha-

bileté française n'égalera jamais. Mais il n'en est
pas moins vrai que les encouragemens donnés
par Louis XIV aux lettres et aux arts, l'éclat
de son règne, et une certaine supériorité qu'il s'é-
toit acquise sur son siècle, que tout cela, dis-je,
donna l'impulsion générale qui s'étendit jusqu'aux contrées les plus septentrionales de l'Europe. L'ambassade que l'Empereur Alexis envoya
à Louis XIV, étoit le présage de l'heureuse
révolution qui devoit se faire en Russie sous
Pierre le Grand.

5) Il s'indigne, il rugit, il part, il est vainqueur.

Lorsque dans la guerre que ses ennemis lui
faisoient avec tant d'acharnement les dernières
années de son règne, Louis XIV vit sa couronne
en péril, et se vit lui-même forcé à exiger de
nouveaux sacrifices d'un peuple épuisé par tant
de guerres, il se résolut à faire part aux gouverneurs des provinces de la fâcheuse extrémité
où l'avoit réduit l'opiniâtreté de ses ennemis,
et de la malheureuse nécessité où ils l'avoient
mis de continuer la guerre par leur rejet hautain
des propositions de paix avantageuses qu'il leur
avoit faites. Le peuple, à qui les gouverneurs
communiquèrent cette missive au nom du monarque, touché de voir un roi naturellement
fier descendre jusqu'à lui, compatit à ses maux,
l'associer, pour ainsi dire à son conseil, crut
qu'il étoit de l'honneur public, de venger un
outrage fait à la nation en corps dans la personne
de son souverain, et le mit par de nouveaux
sacrifices, à même de faire une paix honorable.
Cette sage démarche n'a pas été suivie par nos
gouvernans révolutionnaires, quoique nous
nous soyons trouvés dans des crises bien plus
terribles. Ils n'estimoient pas assez les Français
pour s'abaisser jusqu'à leur dire qu'il leur tar-
doit de voir finir leurs maux.

4) Sent ceux de Raphaël, du Guide ou de Bernis.

Je n'entends pas par là qu'il y ait une parité rigoureuse entre les artistes Français et les artistes Italiens. Il suffit pour que la comparaison soit poétiquement exacte, que quelques-uns de nos peintres et de nos sculpteurs ayent rivalisé sous certains rapports, avec ceux de Florence et de Rome. Qui peut ignorer que Raphaël, dont le nom exprime le génie de la peinture comme celui de Cicéron exprime le génie de l'éloquence, est le premier des peintres modernes ! Mais il est pourtant vrai que quelques-uns de nos grands peintres, le Poussin surtout, formés à l'école de Rome, ont fait des chefs-d'œuvre que l'on a placés à côté de ceux de Raphaël. Quant à Puget, son mérite devoit être bien grand, puisque le célèbre Bernini, que Louis XIV faisoit venir à grand fraix de Rome pour diriger ses bâtimens, parut surpris en voyant les ouvrages de Puget, que ce Prince possédant un si habile homme, eût songé à l'appeler. Les sciences et les lettres ne fleurirent pas moins à cette époque : tout venoit de la même source. L'énergie qu'un siècle de guerres civiles avoit donné aux esprits venant tout-à-coup à se plier aux productions du génie, dut nécessairement passer dans la composition, et fut capable d'enfanter des prodiges. Les détracteurs du siècle de Louis XIV ne laissent pas d'étudier les chefs-d'œuvres qu'il a produits, et tâchent de se former sur ces modèles.

LIVRE CINQUIÈME.

Les Tournois des siècles de chevalerie. Description des Jeux Floraux. Éloge de Clémence Izaure.

Il fut jadis un temps où nos naïfs ayeux
Vivoient sans artifice et par là même heureux ;
L'on ignoroit alors la fraude et l'imposture,
Qui trahit tous les droits, outrage la nature,
Sur la perte d'un autre établit sa grandeur,
Et supplante un ami pour gagner la faveur.
Mais on aimoit l'honneur, le triomphe, la gloire,
Et quand ces temps de deuil que déplore l'histoire
Où chaque noble étant vassal et suzerain,
Pouvoit braver son prince un cartel à la main,
Eurent fait place aux mœurs d'une chevalerie
Galante avec pudeur, fière sans barbarie ;
Aux combats en champs clos si communs autrefois
Succédèrent les jeux des joûtes des tournois.
De nombreux spectateurs tout autour de l'arène
Se rangeoient ; les tenants pleins d'ardeur, hors
    d'haleine,
De superbes coursiers pressant les flancs pou-
    dreux
Attiroient les regards par leur air belliqueux :
Ils brûlent tous les deux de franchir la barrière ;
Mais s'ingulier spectacle, à l'instant par derrière,

Une dame s'approche et touchant l'un des doigts(2

L'atterre et le confond pour la première fois.

C'est un traître , un perfide , un méchant , un

    infâme ;

Il est honni de tous , odieux à sa dame ;

On l'assaille ; on le hue , on crie à l'imposteur ,

Qui d'une dame illustre a pu flétrir l'honneur ;

Il est déconcerté , soudain son sang se glace ,

Et va dans un réduit dévorer sa disgrace.

Ou si pour relever la fierté de son front ,

Si brûlant d'effacer et le crime et l'affront

Qui le rend la risée et lui coûte des larmes ,

Il s'obstine à combattre et tente encor les armes ;

Il est recommandé par ce signe fatal

Au zèle , à la bravoure , aux coups de son rival:

Un autre prend sa place et les braves s'élancent ,

Les cris des spectateurs au combat les dévancent ,

L'on ouvre la barrière et tout couverts de fer ,

Ils font briller leur casque , éclater leur cimier ;

Une lance à la main ils baissent la visière ,

Et le front obscurci d'une noble poussière ,

Ils se pressent l'un l'autre , un d'eux désarçonné

Se relève avec peine et s'en va consterné ;

Puis traînant tout confus son armure brisée ,

Il est des spectateurs la fable et la risée :

Tandis que son rival radieux , triomphant ,

Provoque les regards , s'avance fièrement ,

Orgueilleux du succès que convoitoit son ame ,

Et place ses lauriers aux genoux de sa dame.

Mais loin d'avoir acquis par ce don généreux

Quelque droit sur son cœur ; un air impérieux
Étoit souvent le prix de l'offre généreuse
Qui rendroit aujourd'hui la vertu si douteuse.
Dans ces temps de candeur la pudique beauté
Étoit un objet saint des mortels respecté ,
Qui ne recevoit point un criminel hommage ;
Son regard confondoit le courtisan volage,
Dont l'air eût annoncé de coupables désirs.
Obligé d'étouffer jusqu'aux tendres soupirs
Il craignoit qu'un seul mot ne causât sa disgrace;
Auprès d'elle timide , ailleurs rempli d'audace,
Téméraire , il couroit affronter les hazards,
Braver mille trépas dans les travaux de Mars ,
Escalader les murs d'une ville assiégée ,
Signaler sa valeur en bataille rangée ;
Et quand couvert de boue et tout souillé de sang,
Il lui montroit le fer dont fut percé son flanc ,
Qu'il arracha soudain d'une large blessure ,
Et les éclats sanglans d'une pesante armure ,
Il obtenoit à peine un souris gracieux
Qui le combloit de joie et remplissoit ses vœux:
Pudeur chevaleresque , aimable courtoisie ,
Qu'un jour l'on taxera de fable ou de folie ,
Gardien de la sagesse et précieux trésor ,
Malgré les mœurs du temps on te célèbre encor.
Qui pourroit sans frémir lire ce que pour plaire
Osa de Boucicaut la valeur téméraire ,
Et de mille héros , trop glorieux , trop fiers ,
D'obtenir une épouse au prix de leurs lauriers.
Mais quoique de ces mœurs la pureté nous tou
   che,   14

Leur sauvage aprêté pourtant nous effarouche ;
Eé quoi ! toujours du sang , des combats aux
    humains !
N'est-il pas des lauriers plus dignes de leurs
    mains ?
Minerve dont l'égide accorde la victoire ,
N'a-t-elle pas aux arts attaché quelque gloire ?
On le sentit enfin , ces tendres Troubadours
Qu'accompagnoient les ris , qui chantoient les
    amours
De deux jeunes époux dont le Dieu d'hyménée
Venoit de conner la flamme fortunée ,
Entrèrent seuls en lice et montrèrent le but ;
L'esprit plus cultivé s'éleva , l'apperçut ,
Et bientôt le bon goût fit germer , fit éclore ,
Les nobles jeux d'esprit de la déesse Flore.
Flore à qui de tout temps l'on dressa des autels
Fit toujours l'alégresse et l'espoir des mortels ,
Et l'on pleuroit de joie autour de son image , (2
Quand frappés de l'aspect d'un riche paysage ,
On voyoit ses présens émailler les guérêts ,
Prémices des trésors de la blonde Cérès ,
Et des fruits savoureux qu'apréselle couronne
La libérale main de l'aimable Pomone.
Au retour du printemps le farouche Romain ,
Prenant un air ouvert , un visage serein ,
Célébroit les bienfaits que la déesse Plore
Répand sur les mortels du couchant à l'aurore ,
Quand avec le zéphire elle vient aux frimats ,
Substituer les fleurs qui naissent sous nos pas.

Dans l'excès de leur joie au son de cent trompettes
Les femmes à leur tour prenoient part à ces fêtes,
Couroient , dansoient sans cesse et couronnoient
        de fleurs
Celles qui dans la course avoient été vainqueurs ;
Mais ces obscènes jeux remplis de turpitude
N'ont que le nom commun avec ceux que l'étude
Consacre à célébrer les talens , les vertus ,
Même à préconiser la mère de Jesus.
Telle est de ces grands jeux la sublime matière ;
Des athlètes fameux parcourent la carrière ,
Et tâchent d'obtenir dans ce jour solemnel ,
Dans le temple du goût un honneur immortel.
Toulouse où de ces jeux l'on protégea l'enfance,
Les célèbre au printemps avec magnificence ,(3
Au mois où nous voyons les bouquets odorans
Effacer la couleur des épis ondoyans ,
Et déposer le soir , sous les coups de Borée
L'éclat dont au matin leur tête fut parée.
Et comme au mois de mai dans un printemps
        nouveau ,
De l'immortel printemps tout droit porter le
    sceau :
Quatre superbes fleurs , emblême du génie ,
Par leur couleur brillante ou leur teinte embrunie
Désignent le sujet , couronnent les travaux
Où l'athlète a vaincu ses superbes rivaux ;
Eglantine , souci , violette , amaranthe ,
Ce sont les nobles fleurs que la troupe savante
Avide des honneurs de l'avare Appollon ,

S'empresse de cueillir dans le sacré vallon ;
L'imagination par le goût épurée
Dans le temple d'Isaure à seule droit d'entrée :
L'on en exclut toujours ces trop minces talents
Qui dans un art divin se traînant à pas lents ,
Montrent par le défaut de génie et de verve
Qu'ils prétendent sans titre aux lauriers de Mi-
    nerve ;
Mais le zèle est loué , l'on applaudit encor
Quand l'athlète déchu de son sublime essor ,
Pour des succès futurs donne quelque espérance;
Une fleur est le prix de la noble éloquence ;
Trois sont pour le poëte ou prophane ou sacré
Qui jettant dans la lice un regard assuré ,
Dans les riants tableaux d'Horace et de Pindare
N'a pas été de fleurs et d'ornemens avare.
L'academie en corps juge de leurs travaux ,
Couronne les auteurs vainqueurs de cent rivaux;
Les voix et les concerts au retour de l'aurore ,
Annoncent leur triomphe et le retour de flore ;
Dans ce jour fortuné, le plus beau de leurs jours
Le front ceint de l'auriers , les nouveaux trou-
    badours ,
Vainqueurs dans les combats où s'exerçoit Clé-
    mence ,
L'aimable poésie et la noble éloquence ,
Saluant avec grace et le front radieux
S'avancent fiérement ; le chancelier des jeux
Vient proclamer leurs noms, et la foule présente
Fait retentir les airs , mêlé sa voix bruyante

Aux complimens exquis dont se voyent honorés
Les athlètes heureux de leurs fleurs décorés.
Toi qui malgré le temps et les sombres nuages
Dont ta vie est couverte, iras dans tous les âges
Animer le poëte, exciter l'orateur,
Isaure dont le nom touche, attendrit le cœur ;
Moins nous te connoissons, plus nous croyons
   divine,
La source où tu puisas ton illustre origine !
Souvent la renommée et la célébrité
Sont les filles du vice ou de la vanité ;
Hé ! d'où vient parmi nous l'éclat du nom de Laure !
C'est que vaine et sensible ; à l'amant qui l'adore
Elle adresse par fois des regards, des soupirs,
Et nourrit dans son cœur de coupables désirs ;
Elle souffre l'encens du chantre de Vaucluse,
Que sur ses sentimens par orgueil elle abuse ;
La liberté qu'il a de l'aimer, de la voir,
De la rendre infidelle, alimente l'espoir ;
Ainsi la vanité rend les femmes célébres :
Mais vous illustre Isaure à travers les ténèbres
Qui cachent votre vie aux regards curieux,
Vous nous montrez encor votre front radieux :
Tous les ans, tous les jours de doctes conjectures
Relevant votre gloire et vos vertus obscures,
Sur les aîles du temps votre nom exalté
Fera de vous un ange, une divinité ;
Héroïne souffrez, qu'une plume ingénue,
Obscure sans patrons, des muses inconnue,
Sur votre tombe au moins répande quelques fleurs !

D'autres plus fortunés brigueront les honneurs ;
Dont l'aimable poëte à qui sourit Minerve,
Voit orner au printemps le doux fruit de sa verve,
Triompant de gagner sur ses altiers rivaux ,
Le prix que le génie obtient aux jeux floreaux.
Les palmes qu'on moissonne aux jeux académi-
    ques
S'emportent sur l'éclat des palmes olympiques,
Où pourtant dans la Grèce on voyoit autrefois
Combattre fiérement les princes et les rois ,
Qui, montés sur un char, en ouvrant la barrière
Brûloient d'atteindre au but dans la noble car-
    rière.

Fin du livre cinquième,

NOTES.

1) Une dame s'approche et touchant l'un des doigs.

Les chevaliers qui se présentoient pour disputer le prix dans une joûte ou un tournoi,
étoient sous l'inspection de tous les assistans,
et sur-tout des dames juges de l'honneur, et
malheur à celui qui auroit choqué par quelque calomnie ou quelque propos licencieux
un de ces juges sévères, mais intègres. La belle
offensée, en touchant l'écu ou l'épaule du cavalier, le recommandoit à son rival qui alors le
menoit à outrace ; (car ces jeux guerriers ne
diféroient guères d'un véritable combat.) Quelquefois, sans attendre la vengeance du cham-
pion, les spectateurs faisoient droit à l'offensée, et les dames elles-mêmes assailloient à
coup de pierres le chevalier *discourtois*, qui
alors étoit obligé d'abandonner la lice, à moins
qu'en réclamant la merci des dames, elles ne le
réhabilitassent dans ses droits de *loyal et preux*.
Au reste les tournois étoient des spectacles brillants, annoncés la veille par les proclamation
des hérauts d'armes, auxquels assistoient les
seigneurs, les princes et même les rois. Les
dames d'abord s'abstinrent d'assister aux tournois
par l'horreur qu'elles ont naturellement de voir
rédandre le sang ; mais elles cédèrent ensuite
à l'inclination qui les porte à tout ce qui appar-
tient aux sentimens de la gloire, et y jouèrent
depuis un si grand rôle qu'elles étoient l'ame
des tournois, les juges et les patrons des tour-
noyans qu'elles animoient par leur présence
et les distributrices des prix. Ces jeux guerriers
et brillants, mais tragiques, étoient autrefois
en usage dans toute l'Europe, mais sur-tout en

France, où le goût en fut poussé jusqu'à la fureur, au point que la mort funeste d'Henri II, tué dans un tournoi aux yeux de toute la nation, ne put les extirper entiérement, et qu'ils bravèrent long-temps, comme fit ensuite le duel, les canons de l'église, les excommunications des Papes, et les édits de nos rois : ils cédèrent enfin à des défenses réitérées, et à des mœurs plus douces qui dirigeoient les esprits vers des amusemens bien plus nobles, le goût plein de charmes de la culture des sciences et des arts.

2) Et l'on pleuroit de joie aux pieds de son image.

De tous temps les hommes se sont crus obligés d'être reconnoissans envers le Ciel, des biens qu'il leur prodigue : l'auteur du voyage d'Anacharsis dit que les Athéniens en demandant aux Dieux la prospérité des fruits de la terre, ou en les remerciant de leurs bienfaits, fondoient quelquefois en larmes aux pieds de leurs statues. A Rome la fête des jeux Floraux avoit sans doute dans l'origine un objet purement moral et religieux. L'on se rassembloit au printemps pour remercier l'Auteur des productions de la terre, dons la munificence se peint si bien dans ses dons. Cette bénigne influence du ciel qui féconde la terre, ils ne la regardèrent d'abord sans doute que comme un attribut de l'Etre suprême, qu'on personnifia ensuite, et dont la superstition fit une divinité distincte sous le nom de Flore; et comme la prospérité a le malheureux effet de corrompre les hommes, même au milieu des plus saines doctrines, de la morale la plus pure; il n'est pas surprenant que celle dont jouissoient les romains dans les derniers siècles de la République, ait augmenté chez eux les dérèglemens du cœur, ait fait dé-

générer en orgies infâmes, une fête si propre par les circonstances où elle étoit célé-
brée, et par l'impression des objets extérieurs
sur les sens, à produire des illusions dange-
reuses à la vertu.

3) Toulouse où de ces jeux l'on protegea l'en-
    fence.
Les célèbre au printemps avec magnificence :

Le projet et l'établissement des Jeux Floraux,
selon plusieurs auteurs, date de 1324 : il est
dû à sept hommes de condition amateurs des
belles-lettres, qui, vers la Toussaint de 1323,
résolurent d'inviter par une lettre circulaire,
tous les Troubadours ou poëtes de Provence,
à se trouver à Toulouse le Ier mai de l'année
suivante, pour y réciter les pièces de vers
qu'ils auroient faites, promettant une violette
d'or à celui dont la pièce seroit jugée la plus
belle. Cette institution plût aux Capitouls qui
firent délibérer par le conseil municipal, qu'on
la continueroit aux dépends de la ville. On
créa un chancelier et un sécrétaire à cette nouvelle académie. Les sept instituteurs prirent
le nom de mainteneurs pour marquer qu'ils se
chargeoient du soin de maintenir l'académie
naissante. L'on ajouta dans la suite deux autres
fleurs à la violette, et successivement le nombre
des prix a été porté jusqu'à cinq. Ces fleurs qui
sont d'or ou d'argent, ont par leur éclat, ou
leurs teintes plus ou moins foncées, un certain rapport avec le sujet ; le Lys est pour un
sonnet ou un hymne à la Sté Vierge ; l'amaranthe est pour l'ode ; la violette pour un poëme
ou un épître ; l'églogue et l'élégie concourent
pour le souci ; l'églantine d'or est d'une valeur
plus considérable que les autres fleurs, et le
prix d'un discours académique.

La fête des Jeux Floraux qui se célèbre tous les ans à Toulouse avec beaucoup de magnificence et de solemnité, est une fête poétique et religieuse à laquelle tous les habitans prennent part. Elle commence par l'éloge de Clémence Isaure ; après quoi les commissaires de l'académie vont avec pompe chercher les fleurs d'or et d'argent qui sont exposées dès le matin sur le maître autel de l'église de la Daurade, où reposent les cendres de Clémence Isaure.

Telle est la destination de chaque fleur, selon le progamme de l'académie des Jeux Floraux. L'origine de cette académie se trouve dans toutes les histoires du Languedoc, et l'on fait communément honneur à Clémence Isaure de sa fondation, bien qu'elle n'en soit vraisemblablement que la bienfaitrice. Mais comme si le destin de cette femme célèbre étoit de ne jamais se montrer à la postérité qu'à travers un nuage mystérieux, l'on a élevé de tout temps et l'on élève encore aujourd'hui des doutes sur sa donation et même sur son existence. Elle vient d'être de nouveau attaquée dans un ouvrage bien écrit d'ailleurs ; mais où l'ironie règne d'un bout à l'autre, dans lequel sous prétexte de venger la mémoire de Clémence Isaure, l'on n'oublie rien pour la détruire et faire regarder comme illusoire l'opinion généralement adoptée. L'institution des Jeux Floraux selon l'auteur, n'est ni du 13e ni du 14e siècle, et se perd dans la nuit des temps ; cela est possible et n'en est que plus honorable aux Toulousains. S'il est vrai, comme il l'avance, que sous le premier Brennus, des guerriers Tectosages composassent des madrigaux à Mareille, il faut convenir que le génie de la poésie est fort ancien dans le Languedoc, et que Toulouse fut apellée, à juste titre la ville de Pallas. Quant à Clémence Isaure, il n'y a nul

doute

qu'elle ait existé , puisque des monumens res-
pectables en font foi , et que les belles-lettres
à Toulouse rendent annuellement depuis plusieurs siècles un hommage solennel à la mémoire
de la restauratrice des Jeux Floraux ; d'ailleurs
il est si rare de trouver une dame distinguée
par sa naissance et ses richesses , qui peut
trouver dans le monde tant d'autres amusemens
plus convenables à son sexe , animer les talens
par son exemple , et couronner les auteurs
de ses mains , il est si rare et si beau de
la voir consacrer ses biens à la dotation d'une
société savante pour éterniser dans sa patrie
l'émulation des lettres , qu'à défaut d'autres
documens , une tradition constante suffiroit
seule pour prouver ce qui auroit été soustrait
par la malveillance , ou n'auroit point été consigné dans les fastes de l'histoire.

Fin du livre cinquième.

LIVRE SIXIÈME.

Éloges des grands hommes du Languedoc.

Quelque espace de temps qu'embrasse ma
    mémoire,
Je vois le Languedoc fournir à notre histoire,
Des esprits transcendans, de ces hommes fameux
Dont l'éclat rejaillit sur leurs derniers neveux.
Le pieux Antonin, Afer, Cujas, Isaure,
Pibrac, Fleury, Bernis dont la France s'honore,
Et d'autres célébrés dans les fastes divers
Sont par de grands talents connus dans l'univers:
Voyez cet empereur aux bons toujours propice(1
Faire régner par-tout la paix et la justice :
Voyez-le s'élevant par ses hautes vertus,
Rappeler aux Romains le règne de Titus ;
Au faîte des grandeurs, assis au rang suprême,
Il fut encor plus grand d'être toujours lui-même.
De tous les hommes père, ainsi que des Romains,
Du sang de nos martyrs il tint nettes ses mains;
Ces athlètes du Christ que poursuivit Tibère,
Que Trajan proscrivit par un édit sévère,
Et dont la mort lassa la rage des bourreaux,
Sous ce règne de paix vécurent en repos.
Toi qui descends du ciel piété filiale,
Des plus nobles vertus généreuse rivale
Dont se sont honorés les pieux Antonins,
Tu n'es plus qu'un vain nom prophané des hu-
    mains ;

Qui colore souvent la noire ingratitude :
Ah ! reviens parmi nous sainte sollicitude
Qui prévient les besoins des pères indigents !
Ce prince est aussus des Nervas , des Trajans :
La douce impression d'une si belle vie ,
En pénétrant les cœurs laisse l'ame attendrie ,
Mais pleine de vertus elle est vide de faits. :
L'histoire plus au long signale les forfaits :
Ainsi ces conquérans qui ravagent le monde
Et portent en tous lieux , une terreur profonde
De leurs contemporains redoutable fléaux ,
Occupent nos neveux de leurs sombres tableaux :
Le silence est le fruit d'un beau ciel sans nuage ,
Mais l'air mugit au loin après un jour d'orage.
Cruel Mars ennemi des lois et du repos ,
Tu mets pourtant au jour la vertu des héros ,
Qui suivent les combats , mais ne le font point
          naître ,
Et sans ambition savent servir leur maître.
Témoin le grand Gaston, ce défenseur des Lis(2
Dont la perte coûta des larmes à Louis ;
Lorsque victorieux dans les champs de Ravenne',
Tout couvert de sueur et respirant à peine ,
Par un sort si commun dans l'horreur des combats
D'une lance ennemie il reçut le trépas ;
Tel fut jadis le sort du vaillant fils d'Évandre ,
Dont les Arcadiens révérèrent la cendre ,
Que Virgile compare à la naissante fleur ,
Qui conserve un instant son aimable fraîcheur ,
Quand une avide main tranche sa destinée ;

Et semble vivre encor bien que moitié fanée.
Combien d'autres héros , prophanes et sacrés ,
A ma foible louange ont des droits assurés.
Combien dont les talents , les vertus , le génie
Ont éclairé leur siècle , honoré leur patrie ;
Du grand art de parler fait sentir les effets ,
Au serpent d'Epidaure arraché ses secrets. (3
L'un de Quintilien fut le guide et le maître; (4
L'autre consul prêteur , et très-digne de l'être: (5
Celui-ci de son sang va cimenter sa foi ; (6
Celui-là prend la haire et médite la loi ,
Renonçant jeune encor à ces pompes mondaines,
Dont l'austère vertu cherche à briser les chaînes.
Mais je mets à l'écart ces siècles nébuleux
D'où l'on verroit jaillir l'éclat des noms fameux;
Je me borne au portrait de quelques personnages
Qui de tous les Français méritent les hommages ,
Et dont nos fiers voisins ne font pas moins de cas;
D'abord s'offre à mes yeux le célèbre Cujas : (7
Cujas par son savoir , son génie admirable
Débrouilla de nos lois le cahos effroyable :
De ce commentateur la sage opinion
Fixa du magistrat l'irrésolution :
Au temple de Thémis en dépit des obstacles ,
Il s'assit gravement , y rendit ces oracles
Qu'admire l'étranger , qui passent pour divins ,
Et sont dans l'univers le guide des humains.
Au siècle de Cujas , trop heureuse Toulouse,
Tu produisis Pibrac dont la France est jalouse,(8
Pibrac réformateur du stile du Barreau ,
Par qui l'avocat parle un langage nouveau ,
Et réprimant la fougue où le portoit son zèle ,
Des droits de son client fait l'exposé fidèle.
Mais que dis-je, au milieu des plus nobles talents ,
Une femme s'élève et dispute aux savants (9
A tous ces beaux esprits que l'Europe révère ,
Les secrets merveilleux de la langue d'Homère.
Fleury d'un de nos rois habile précepteur , (10
Fut du monarque enfant le guide et le tuteur,

Les heureux résultats de son économie
Donnèrent à la France une nouvelle vie.
Par son prince investi du plus ample pouvoir,
Jamais il n'excéda les bornes du devoir :
Doux, ami de la paix, dans un long ministère,
Il maintint la concorde en éloignant la guerre.
Le célèbre Bernis né de nobles ayeux, (11
Écrivain élégant, poète ingénieux,
Dépositaire alors de l'auguste puissance,
Fit conclurre une paix honorable à la France :
De la pourpre tous deux ils furent revêtus,
L'un et l'autre aux talents sut joindre les vertus.
Tu fus encor l'honneur de la Septimanie,
Toi, qui brûlant d'amour pour ta chère patrie
Ne cessais d'exalter les vertus de ton roi,
Intrépide écrivain, généreux Durosoi ; (12
Quand son auguste voix, par un sort sans
          exemple,
Ne pouvoit pas franchir les barrières du temple,
Comme un autre Tacite en signalant leur noms,
Tu vouois au mépris nos modernes Nérons.
Hélas ! pouvois-tu seul, quel que fût ton courage,
Intimider le crime et conjurer l'orage,
Au milieu du cahos, du bouleversement
Pouvois-tu dans son cours arrêter le torrent !
Lorsqu'une faction impie et sacrilége,
Arrachoit à ton roi son dernier privilége,
Qu'on imploroit en vain un secours étranger,
Quel espoir avoit-tu de pouvoir le venger ?
Attendois-tu du Ciel quelque éclatant miracle ?
Non tu voulois offrir un tragique spectacle ;
Tu voulois t'immoler pour la cause des Lis,
Trop heureux de mourir le jour de Saint Louis,
Et le dernier soupir de ton ame attendrie
Fut encor pour ta foi, ton prince et ta patrie.

Fin du sixième et dernier livre.

NOTES.

1) Voyez cet Empereur aux bons toujours propice.

Resserré par l'exiguité de l'espace. (car je ne puis mettre plus de trois feuilles à cet ouvrage sans m'engager dans des frais onéreux.) Je m'étendrai peu sur les grands hommes du Languedoc, pour pouvoir placer à la fin quelques légères notes géographiques ; si ce petit ouvrage a le bonheur de circuler, il ne sauroit trop être à la portée de tout le monde. Je commence par l'illustre Antonin.

1.° Antonin le pieux, qui parvint à l'empire après Adrien, étoit originaire de Nismes, et né à Lanuvium pendant un voyage qu'y firent ses parens. Ce prince avoit beaucoup d'esprit, de savoir et d'éloquence ; mais sa piété filiale et une équité qui ne se démentit jamais, l'ont sur-tout rendu recommandable à la postérité. Sous ce prince bon et juste on vit régner la paix et l'abondance. Les peuples trouvèrent en lui toute la tendresse d'un père avec toute l'intégrité d'un juge : Il joignit l'économie à la libéralité, respecta les chrétiens et fut à son tour respecté des Barbares qui le laissèrent en paix.

2) Témoin le grand Gaston ce défenseur des Lis.

Gaston de Foix, duc de Nemours, étoit fils de Jean de Foix, comte d'Etampes, et de Marie d'Orléans, sœur de Louis XII. Gouverneur de Milan à l'âge de 22 ans, il justifia par sa prudence autant que par son courage la confiance du roi son oncle. Avec fort peu de troupes, il tint toujours les Suisses en échec.

quoiqu'ils eussent des forces trés-supérieures. Il
sauva Boulogne , repris Bresse et périt malheureusement à la bataille de Ravenne , dont le
gain fut dû à sa valeur. Louis XII le pleura et
témoigna par les expressions les plus vives ,
combien il regrettoit ce jeune héros.

3) Au serpent d'Epidaure arraché ses secrets.

Il est glorieux pour Montpellier de posséder
le plus ancien Jardin des Plantes qui existe en
France , et encor plus de posséder une savante
Faculté de Médecine qui depuis le commencement du 13me siècle, a toujours conservé sa
haute réputation , à travers les vicissitudes et
les orages des révolutions. La première origine
de la Faculté de Montpellier , remonte même
beaucoup plus haut. En 1180 Guillaume VIII,
seigneur de cette ville accorda un privilége pour
l'enseignement public de la médecine qui paroît
y avoir été professée par les Juifs et les Arabes.
Les bornes resserrées de cette cescription ne me
permettant pas de m'étendre davantage , je
n'ajouterai rien à ce que j'ai dit de Montpellier,
je me bornerai aussi aux notes concernant
Nismes , Toulouse , Narbonne, Beziers , Albi,
Carcassonne , etc. sont assez connus d'ailleurs ;
j'y ferai entrer seulement quelques notes relati-
ves au genre descriptif , ou à des faits qui ne
sont point consignés dans l'histoire du Lan-
guédoc.

4) L'un de Quintilien fut le guide et le maître.

Sous Gaius Calligula, Fleurit Domitius Afer,
le plus célèbre des orateurs de son temps , qui
fut préteur et parvint à la dignité consulaire. Né
à Nismes de pareus obscurs , il releva cette
obscurité par l'éclat de ses talents. Il eût été

un autre Cicéron , dit un historien respectable ,
s'il avoit employé ses talens oratoires à la dé-
fense de l'innocence ; mais il les prostitua malheureusement à la délation , et perdit sur-tout
l'estime des gens de bien, en accusant Pulchra
sa cousine et favorite d'Agripine , princesse ver-
tueuse , et Verus , homme extrémément sage. Il
perdit , mais reconquit adroitement la faveur
du barbare Calligula , en reconnoissant la
supériorité de l'éloquence du prince , dans une
accusation capitale dirigée contre lui-même. Il
fut chéri de Quintilien dont il fut le précepteur,
et mourut l'an 59 de Jesus-Christ.

5) L'autre consul, préteur et bien digne de l'être.

Plusieurs grands personnages de la Gaule
Narbonnaise montrèrent des talents supérieurs,
et un mérite très-distingué. Les Empereurs Romains poussoient quelquefois la confiance à leur
égard jusqu'à leur donner le gouvernement
d'une partie de cette vaste province. Témoin
cet Agrippin , gouverneur d'une partie des
Gaules, dont les querelles avec le comte Gilles,
qui par jalousie vouloit le perdre , furent si
fatales à la puissance romaine. Entr'autres grands
personnages , Fulvus Antoninus , père de l'Empereur Antonin le pieux , fut honoré deux fois
de la dignité de consul outre celle de Préfet de
Rome. Sous l'empire d'Adrien Œmilius Arcanus,
natif de Narbonne , fut élevé aux plus grands
honneurs civils et militaire , et à la dignité de
Sénateur.

6) Celui-ci de son sang va cimenter sa foi.

Saint Saturnin évèque de Toulouse , vint
de l'Orient porter la lumière de la foi dans nos
provinces : ses prédications eurent beaucoup de

succès. Il s'établit à Toulouse où il bâtit une
église, dont il fut l'apôtre et l'évêque. On lui
attribue la gloire d'avoir souffert le martyre
l'an 257. Saint Amarant fut martyrisé à Albi,
sous l'empire de Dece : Saint Paul à Narbonne,
à peu près dans le même temps. Saint Andéol,
le premier qui ait arrosé de son sang la partie
qui est en deça du Rhône, souffrit le martyre
par l'ordre et en présence de l'Empereur Sévère, dans le territoire de Viviers, près d'un
bourg nommé alors Burgias et depuis St. Andéol,
du nom du Saint qui y fut martyrisé.

Sulpice Sévere, né à Agen, et qui passa
quelques années de sa vie à Toulouse, passe
pour avoir introduit le premier l'état monas-
tique dans le Languedoc. L'exemple de sa vie
pénitente et retirée forma de célèbres solitaires
dans la contrée, entr'autres Sinnius et Minerve
qui passèrent en Orient pour consulter St.
Jérôme, et furent protégés par St. Exupère qui
occupoit alors le siége de Toulouse. Sulpice
Sévère qui vivoit à la fin du 4ème siècle est un
historien ecclésiastique fort estimé qui a écrit
avec beaucoup de pureté et d'élégance.

7) D'abord s'offre à mes yeux le célèbre Cujas.

Cujas est de tous les jurisconsultes modernes
celui qui a pénétré le plus avant dans les mys-
tère des lois et du droit romain : ses leçons for-
mèrent de célèbres magistrats, et le roi de
France pour honorer son mérite, lui permit
de prendre séance parmi les conseillers du
parlement de Grenoble : il nâquit à Toulouse
et mourut à Bourges où il s'étoit fixé en 1590.

8) Tu produisis Pibrac dont la France est jalouse.

Gui du Faur, seigneur de Pibrac, outre la

gloire d'avoir introduit la vraie éloquence dans le barreau , et d'avoir été successivement président aux parlemens de Toulouse et de Paris , jouit encore d'autres honneurs , et obtint sous Charles IX et Henri III , des emplois de confiance qui supposent le mérite le plus éminent.

9) Une femme s'élève et dispute aux savans.

M. et Mde Dacier ont trop fait d'honneur au Languedoc pour que-j'aie dû les oublier ; et comme une femme érudite est un personnage beaucoup plus rare qu'un homme savant, j'ai feint qu'elle avoit la même patrie que son mari, dont elle a prit la place dans cet éloge : pouvois-je me refuser à cette légère altération, à l'égard d'une femme illustre qui possédoit si bien les auteurs grecs , et avec laquelle les beaux esprits du siècle de Louis XIV disputoient avec tant de désavantage.

10) Fleury d'un de nos rois habile précepteur.

André-Hercule de Fleury , d'abord évêque de Fréjus , puis cardinal , natif de Lodéve , est sans doute un des meilleurs ministres que la France ait eu. Placé par le roi Louis XV , son élève , à la tête du ministère , il ne s'enfla point de ce haut rang , et y porta sa douceur , son égalité d'ame , son amour de l'ordre et de la paix. La France prospéra , fut heureuse sous son ministère pacifique , et il le fut lui-même autant qu'un homme peut l'être sur la terre.

11) Le célèbre Bernis , né de nobles ayeux.

Le cardinal de Bernis est un des hommes qui ont fait le plus d'honneur au Languedoc. Connu de l'Europe entière par des négociations importantes et par des ouvrages ingénieux , il a des droits assurés à l'admiration de la posté-rité et à la reconnoissance des Français , pour lesquels il fit conclurre une paix honorable pendant la courte durée de son ministère. Les couronnes littéraires, a dit M. Sabbatier , tombent à ses pieds , tandis que celles qu'il a ob-tenues comme homme d'état viennent se placer d'elles-mêmes sur sa tête.

12) Intrépide écrivain généreux Durosoi.

Je dois m'excuser sur la licence d'avoir placé M. Durosoi parmi les grands hommes du Languedoc. Comme la mort héroïque de M. Durosoi , rédacteur de la gazette de Paris , fit beaucoup de bruit dans son temps , et que par ses relations fréquentes avec Toulouse dont l'académie l'avoit reçu au nombre de ses mem-bres correspondants , M. Durosoi étoit com-munément cru Languedocien ; j'avois fait son article dans cette persnasion ; et lorsqu'en vé-rifiant la chose , j'ai vu qu'il n'étoit point tou-lousain comme on me l'avoit dit , j'ai pensé encore que je pouvois terminer cet éloge par celui d'un homme de lettres , qui par ses écrits courageux dans les circonstances les plus critiques , et par le sacrifice généreux qu'il fit de sa vie , à la cause sacrée qu'il avoit embrassée , n'a pas moins fait d'honneur à la cité qui l'avoit adopté comme littérateur , qu'à celle qui lui avoit donné le jour.

J'avois dessein d'ajouter ici d'autres notes : quelques courtes descriptions des sites des pays du Languedoc que j'ai parcourus , je voulois décrire la fontaine de Tourves et la grotte , où l'on adoroit le Dieu Mithras au Bourg St.-Andéol , la fontaine d'Isis du Vigan , laquelle après avoir arrosé d'immenses prairies, vient grossir l'Hérault de ses eaux argentées ; je voulois parler d'Aigues-Mortes, que S. Louis fit bâtir ; de Vauvert, où il alla faire ses dévotions, de St. Gilles, d'où il date une de ses ordonnances, de Beaucaire où il établit la convocation des trois ordres de l'état, du Pont de Gignac, de S. André, etc. , mais l'espace me manquant, je ne puis me refuser à relever un trait bien glorieux à la ville de Montfrin. Quand les Sarrasins, expulsés d'Avignon, infestoient encore les bords du Rhône, et ravageoient les terres de Pugeau, Rochefort, Villeneuve, Meyne, Sage, Montfrin et Sarnhac ; Martel qui ne vouloit pas leur donner le temps de se retrancher sur les bords du Gardon où ils s'étoient campés, étoit embarrassé pour passer la rivière débordée ; mais un cavalier de Montfrin lui enseigna un gué, par lequel le héros alla attaquer ces féroces ennemis et en fit un grand carnage, ce qui lui procura une entrée libre dans la Narbonnaise.

Si les anciens parchemins où étoient consignés des traits glorieux à des communes ou à des particuliers, s'étoient conservés, ils fourniroient à l'histoire des matériaux intéressans, et sauveroient de l'oubli des noms qui sont à peine, ou qui ne sont nullement connus.

FIN.